Todos los libros de Linkgua Ediciones cuentan con modelos de Inteligencia Artificial entrenados por hispanistas. Pregúntale al chat de tu libro lo que desees acerca de la obra o su autor/a.

Para ebooks: Accede a nuestro modelo de IA a través de este enlace.

Para libros impresos: Escanea el código QR de la portada con tu dispositivo móvil.

Obtén análisis detallados de nuestros libros, resúmenes, respuestas a tus preguntas y accede a nuestras ediciones críticas generativas para una experiencia de lectura más enriquecedora.
La transparencia y el respeto hacia la autoría de las fuentes utilizadas son distintivos básicos de nuestro proyecto. Por ello, las respuestas ofrecen, mediante un sistema de citas, las fuentes con las que han sido elaboradas.

Juan Valera

Los cordobeses en Creta

Barcelona 2024
Linkgua-ediciones.com

Créditos

Título original: Los cordobeses en Creta.

© 2024, Red ediciones S.L.

e-mail: info@Linkgua-ediciones.com

Diseño de cubierta: Michel Mallard.

ISBN rústica: 978-84-9816-313-1.
ISBN ebook: 978-84-9897-956-5.

Sumario

Brevísima presentación

La vida

Juan Valera (Cabra, Córdoba, 1824-Madrid, 1905). España.

Político y diplomático, fue un hombre culto y refinado, con numerosas aventuras amorosas y amistades literarias. Se inició en el servicio diplomático con el duque de Rivas cuando este era embajador en Nápoles, y allí estudió griego. Más tarde estuvo en Portugal, Rusia, Alemania, Brasil, Estados Unidos, Bélgica y Austria.

Los cordobeses en Creta
novela histórica a galope

Señor don Miguel Moya.

Mi distinguido amigo: Para *El Liberal* del domingo próximo
me pide usted amablemente que escriba yo algo sobre las
cosas que en las antiguas edades, pasaron en la isla de Creta.
Grande, es mi deseo de complacer a usted, pero tropiezo con
dos dificultades. En breves palabras, y ciñéndome a lo con-
signado por mitólogos e historiadores, ¿qué podré yo decir
que tenga alguna novedad, que no sea un extracto de lo que
ellos dijeron, y que no esté mejor dicho en cualquier Diccio-
nario enciclopédico? Y si acudo a mi imaginación y añado
con ella algo a lo ya sabido, no tendrá consistencia ni se en-
tenderá lo que yo añada, si lo ya sabido no se pone por base,
lo cual no es posible que quepa en una o dos columnas del
apreciable periódico que usted dirige. De aquí que ni de una
suerte ni de otra pueda yo escribir con acierto para el fin que
usted quiere. No es esto, sin embargo, lo que más me aflige.
Lo que más me aflige es que, desde hace muchísimos años,
desde antes que hubiese pensado yo en escribir novelas de
costumbres del día, se me había ocurrido escribir una novela
histórica sobre Creta, y hasta había forjado el plan, aunque
confusa y vagamente. Hubiera sido mi novela un pasmoso
tejido de extraordinarias aventuras, con un fundamento real
del que la historia da testimonio, aunque conciso. Mi deseo
de escribir esta novela no se ha disipado nunca. Lo que se
ha disipado es mi esperanza. Para escribirla como yo me la
figuraba era menester reunir y, formar un inmenso apara-
to de erudición, y para esto me faltó siempre la paciencia.
Hoy, por mi desgracia, además de la paciencia, me falta la

vista. No puedo consultar la multitud de librotes, antiguos y modernos, y escritos en diferentes lenguas, de donde sacaría yo el color local y temporal que mi proyectada obra requiere. La obra, pues, tiene que quedarse en proyecto. Y ya que en proyecto se queda, para libertarme de su obsesión y para probarle a usted que si no puedo, quiero darle gusto, voy a poner aquí el proyecto en muy breve resumen.

En el reinado de Alhakem I, por los años 218 de la Hégira, había en Córdoba un rico mercader llamado Abu Hafáz el Goleith, natural del cercano lugar de Fohs Albolut. En su bazar, situado en una de las calles más céntricas, se veían reunidos los más preciosos objetos de la industria humana, así de lo que en nuestra península se producía como de lo traído de remotas regiones, de Bagdad, de Damasco, de Bocara, de Samarcanda, de la Persia, de la India y del apenas conocido inmenso Imperio del Catay. Abu Hafáz tenía naves propias, que iban a los puertos de Levante a proveerse de mercancías.

En una tarde de primavera entró en el bazar de Abu Hafáz una dama tapada, acompañada de su sirvienta. Aunque él no le vio la cara, admiró la gracia y gallardía de su andar, la esbeltez y elegancia de su talle, cierto inefable prestigio seductor que como nimbo luminoso la circundaba, y la aristocrática belleza de sus blancas, lindas y bien cuidadas manos.

La dama quiso ver cuanto de más rico en el bazar había. Abu Hafáz, lleno de complacencia, fue ofreciendo ante sus ojos, y poniendo sobre el mostrador, mil extraños primores en joyas y en telas. Ella no se saciaba de mirarlas. Era muy curiosa. El mercader le dijo:

—Aun no te he mostrado, sultana, lo más espléndido y peregrino que mi tienda atesora.

—¿Y para qué lo escondes y no me lo muestras? —dijo ella.

—Porque soy interesado y no quiero trabajar en balde. Muéstrame tú la cara y yo en pago te enseñaré mis mejores riquezas.

La dama no se hizo mucho de rogar. Apartó el rebozo, y dejó ver el más bello y agraciado semblante que el mercader había podido ver o soñar en toda su vida. Agradecido y entusiasmado, trajo entonces perlas de Ormuz, diamantes de Golconda y tejidos de seda, venidos del Catay y bordados con tal esmero y maestría, que no parecía labor de seres humanos, sino de hadas y de genios. De la mejor y más estupenda de aquellas telas bordadas se prendó la dama incógnita, quiso comprarla, y pidió el precio.

—Es tan cara —dijo el mercader— que acaso no quieras o no puedas pagarla;
pero si tienes buena voluntad, la tela te saldrá baratísima.

—Acaba. Di lo que me costará la tela.

—Pues un beso de tu boca —replicó el mercader.

Enojada la dama de aquella irrespetuosa osadía, se cubrió el rostro, volvió las espaldas a Abu Hafáz y salió del bazar seguida de su sierva.

Quiso el mercader seguirla para averiguar dónde moraba y quién era; pero la dama había desaparecido en el laberinto de las estrechas calles.

Pintaría luego la novela el furioso enamoramiento de Abu Hafáz y su desesperación durante cinco o seis días, a pesar de mil cuidados y misteriosos asuntos que le preocupaban y ocupaban.

Al cabo la sierva viene al bazar y le dice que su señora no puede dormir ni sosegar, pensando siempre en la tela y anhelando poseerla; que cede, por lo tanto, y que al día siguiente, al anochecer, vendrá al bazar con mucho recato y dará por la tela el precio que se la pide.

La dama acude en efecto a la cita. El mercader averigua entonces que está en el harén del sultán, de donde ella ha salido a hurtadillas, mientras el sultán está en la sierra cazando jabalíes. Ella se llama Gláfira. Es natural de una pequeña aldea situada en la falda del monte Ida. Aunque su familia era pobre, presumía de alta y antigua nobleza. Su estirpe se remontaba a las edades míticas. Contaba entre sus antepasados curetes y dáctilos ideos, de los que tejiendo danzas guerreras al son de los clarines y, al estruendo de sus broqueles heridos por el pomo de las espadas rodearon a Zeus cuando niño, e impidieron que Cronos le oyera y le devorara.

En su agreste retiro la familia de Gláfira se había resistido a hacerse cristiana y guardaba vivos y frescos por tradición los recuerdos del paganismo. Hasta se jactaba de poseer virtudes mágicas y prendas sobrenaturales, adquiridas por iniciación en venerandos y primitivos misterios. Afirmaba Gláfira que uno de sus progenitores había sido Epiménides, sabio, legislador, poeta y profeta, diestro en el arte de suspender la vida, permaneciendo aletargado en profundas cavernas para conocer por experiencia el sesgo y tortuoso curso que llevan al través de los siglos los sucesos humanos.

Gláfira había perdido el secreto de las artes mágicas, pero tenía no pocas habilidades. Cantaba o recitaba mil antiguas leyendas en verso de las edades divinas, de héroes y semidioses: de la venida de Europa a su isla, del furor amoroso de Pasifae y del triunfo y de la perfidia de Teseo. Y bailaba aún, según ella aseguraba, la misma ingeniosa danza que Dédalo compuso para la princesa Ariadna de las trenzas de oro.

Acusado de hechicero y de gentil, y huyendo de la intolerante persecución religiosa, el padre de Gláfira salió de Creta con su hija. Anduvo errante por varios países y al fin murió, dejándola abandonada. Vagando como Io, Gláfira llegó a Hesperia, sin Argos que la vigilase, pero también sin tábano o estro que la picase. No tenía más estro que su voluntad ambiciosa.

Alhakem, encantado y seducido por su talento y por su hermosura, la había hospedado en su alcázar. Ella soñaba con ser la favorita y la reina en el imperio de los Omníadas.

El irresistible capricho de poseer la tela y cierto anhelo casi inconsciente que le había infundido el joven mercader atrajeron a Gláfira y la impulsaron a dar el precio que se le pedía.

Llama más ardiente y más dominadora encendió el beso en el corazón de Abu Hafáz en vez de aquietarle. Él era atrevido y capaz de arriesgarlo y de aventurarlo todo, confiado en la pujanza de su ánimo y juzgándose con bríos para allanar montes de dificultades. Resolvió, pues, guardar a Gláfira en su casa como prenda suya, sin soltar la esclava para que no descubriese el secuestro. Al saber la determinación de Abu Hafáz, Gláfira se enfurece; dice que la que espera ser reina de Hesperia, de las islas adyacentes y de parte del Magreb, no puede resignarse a ser esposa o amiga de un mercader cualquiera, de un plebeyo renegado de la vencida y dominada raza española. Considera además delirio lo que Abu Hafáz pretende. Pronto llegaría a saberlo el sultán y tomaría cruda venganza. En su rabia Gláfira insulta a Abu Hafáz y quiere matarle con un puñalito que lleva en la cintura. Él la desarma y la paga su beso y sus insultos con un beso de vampiro. Se le ha dado en el blanco cuello, y a la luz de una lámpara, en un espejo de acero bruñido, hace que ella mire la huella que en su cuello ha dejado.

—Es el sello —le dice— de que eres mi esclava.

Gláfira tenía un círculo amoratado de la extensión de un dirhem.

—Más de un año —dijo Abu Hafáz— tardará en borrarse ese signo. ¿Cómo has de atreverte a volver con él a la presencia de tu antiguo amo? Ya eres mía, pero antes de que se borre la marca con que te he sellado conquistaré un trono y serás reina conmigo.

Hacía poco que Alhakem había hecho jurar a su hijo Abderahman como Valialahdi o sucesor en el Imperio. El hijo cuidaba de todo, mientras que el padre se entregaba a los placeres y solo intervenía en el gobierno cuando le agitaban sus dos más tremendas pasiones: la ira y la codicia. El pueblo gemía agobiado por enormes tributos y vejado y humillado por la guardia personal del príncipe, compuesta de mercenarios esclavos, de eunucos negros y de tres mil muzárabes andaluces. Una reyerta entre gente del pueblo y varios cobradores de tributos, sostenidos por hombres de la guardia del rey, promovió un motín que fue sofocado mientras que Alhakem estaba de caza. Volvió de ella, y dejándose llevar de su crueldad, dispuso que crucificasen a los diez principales promovedores del motín.

Tiempo hacía que se conspiraba contra Alhakem. El horroroso espectáculo de los diez ajusticiados excitó la compasión y el furor del pueblo. La conjuración estalló prematuramente. La rebelión fue vigorosa. Casi todos los muladíes o renegados españoles tomaron parte en ella. Abu Hafáz los dirigía y capitaneaba. Esto fue al día siguiente del secuestro de Gláfira. La guardia del rey y los demás armados de la guarnición fueron dos o tres veces vencidos y rechazados, teniendo que refugiarse en el alcázar. La muchedumbre le sitiaba y se aprestaba a dar el asalto. Alhakem receló que aquello iba a ser el fin de su reinado y de su vida. Llamó a su paje favorito, le hizo verter sobre su cabeza y sus barbas un pomo de olorosas esencias para que por su fragancia se le reconociese entre los muertos, y salió a morir o a vencer a los rebeldes.

Por orden de Alhakem vadeó el Guadalquivir un buen golpe de sus guerreros, fue a caer sobre el arrabal de los muladíes, que estaba del otro lado del río, y le entregó al saqueo y a un voraz incendio. Los muladíes vieron las llamas y el humo; pensaron que ardían sus casas y tal vez sus mujeres y sus hijos, y abandonaron la pelea para acudir a socorrerlos. La batalla entonces se convirtió en derrota y en atroz carnicería y matanza de los muladíes, atacados por todas partes, así por los que mandaba Alhakem como por los que, atravesando el puente, volvían del arrabal después de haberlo incendiado.

Vencido Abu Hafáz, tuvo bastante fortuna y presencia de espíritu para poder escapar con no pocos de los suyos, con lo mejor de su tesoro y llevando a Gláfira consigo. Corriendo mil peligros y venciendo mil obstáculos, llegó Abu Hafáz hasta Adra. Allí tenía diez grandes naves suyas. Se embarcó en ellas y abandonó a España para siempre.

Alhakem, después de la victoria, aun castigó fieramente a los rebeldes. Más de cuatrocientas cabezas de los que habían caído vivos en sus manos aparecieron cortadas y clavadas en sendas estacas en la orilla del Guadalquivir. Después quiso mostrarse clemente, porque no había de matar millares de personas; pero las expulsó de España a millares. Unas fueron a Marruecos y poblaron un gran barrio de la ciudad de Fez. Otras emigraron más lejos y se establecieron en Egipto.

Abu Hafáz, entre tanto, con sus naves y con los más valerosos entre los forajidos, se hizo pirata.

Aquí entraba en mi plan una serie de aventuras y de incursiones en la Provenza, en Cerdeña, en las costas de Calabria y en otras comarcas.

Abu Hafáz, cargado de botín y con mayor número de naves y de gente que se le había allegado, aporta a Alejandría. Merced a las discordias civiles que allí hubo entonces, logra apoderarse de aquella ciudad magnífica y la conserva durante algún tiempo. El califa de Bagdad envía contra él un poderoso ejército. Abu Hafáz se defiende, y si bien capitula y abandona la ciudad, es después de una capitulación honrosa y lucrativa, recibiendo cuantiosa suma por el rescate. Con veinte naves y con unos cuantos cientos de guerreros, Abu Hafáz se dirigió, por último, a Creta. Llevaba siempre consigo a Gláfira, mantenía su promesa jactanciosa de hacerla reina, y ahora esperaba hacerla reina en su patria, mucho antes de que se le borrase el apasionado signo de esclavitud que le había puesto en el cuello. Creta estaba en poder de los bizantinos cuando los forajidos andaluces desembarcaron en sus costas.

Aquí pensaba yo lucirme describiendo las bellezas naturales de la isla, sus antiguallas, sus famosas ciudades, como Gnosos y Gortina, los vestigios del Laberinto donde estuvo encerrado el Minotauro, los esquivos lugares en que los dáctilos y los curetes bailaban sus danzas guerreras en torno del futuro monarca de los hombres y de los dioses, la sagrada caverna en que durmió su sueño secular Epiménides, y el punto en que se embarcó Ariadna con el falaz e ingrato Teseo, que luego la abandonó en Naxos, de donde la sacó en triunfo el dios Ditirambo con toda aquella comitiva estruendosa de faunos y de ménades, que tan gallardamente nos describen los poetas.

Sería menester relatar también cómo los guerreros de Abu Hafáz, después de saquear algunos lugares de la isla, quisieron abandonarla para no tener que luchar con el ejército del emperador de Grecia, y cómo Abu Hafáz, precediendo en esto a los catalanes en Galípoli y a Hernán Cortés en México, hizo incendiar las veinte naves, para que no quedase otro recurso que vencer o morir a la gente de armas que llevaba consigo.

Pintaría yo, por último, la guerra sostenida contra los soldados del Imperio griego y cómo fueron vencidos.

Abu Hafáz entonces se enseñorea de la isla toda y pone su trono y la capital de su dominio en una fortaleza, fundada por él y cuyo nombre fue Candax. Así borró por espacio de siglos su antiguo nombre a la isla que vino a llamarse Candía.

Gláfira fue reina, como Abu Hafáz se lo había prometido. La marca no desapareció hasta mucho después que Gláfira había subido al trono. Y el hijo de Gláfira y su nieto y su biznieto reinaron en Creta, porque su dinastía duró dos o tres siglos.

Todo esto contado aquí a escape, tal vez no tenga chiste; pero yo creo que dándole la debida extensión e iluminándolo eruditamente con los colores locales y temporales de que ya he hablado, sería divertidísima novela, y pondría además de realce la hazaña de los andaluces, musulmanes entonces en vez de ser católicos, y que fueron los primeros en llevar a Creta el islamismo, de que ahora con tanta razón quieren los cretenses libertarse. Dios se lo conceda y a mí la gracia de no haber fastidiado a los lectores de El Liberal con este a manera de aborto de mi seco ingenio. Válgame por disculpa que lo hago por complacer a usted.

Madrid, 1897.

Libros a la carta

A la carta es un servicio especializado para
empresas,
librerías,
bibliotecas,
editoriales
y centros de enseñanza;
y permite confeccionar libros que, por su formato y con-
cepción, sirven a los propósitos más específicos de estas ins-
tituciones.

Las empresas nos encargan ediciones personalizadas para
marketing editorial o para regalos institucionales. Y los in-
teresados solicitan, a título personal, ediciones antiguas, o
no disponibles en el mercado; y las acompañan con notas y
comentarios críticos.

Las ediciones tienen como apoyo un libro de estilo con
todo tipo de referencias sobre los criterios de tratamiento
tipográfico aplicados a nuestros libros que puede ser consul-
tado en Linkgua-ediciones.com.

Linkgua edita por encargo diferentes versiones de una
misma obra con distintos tratamientos ortotipográficos (ac-
tualizaciones de carácter divulgativo de un clásico, o versiones estrictamente fieles a la edición original de referencia).

Este servicio de ediciones a la carta le permitirá, si usted
se dedica a la enseñanza, tener una forma de hacer pública
su interpretación de un texto y, sobre una versión digitaliza-
da «base», usted podrá introducir interpretaciones del texto
fuente. Es un tópico que los profesores denuncien en clase
los desmanes de una edición, o vayan comentando errores
de interpretación de un texto y esta es una solución útil a esa
necesidad del mundo académico.

Asimismo publicamos de manera sistemática, en un mismo catálogo, tesis doctorales y actas de congresos académicos, que son distribuidas a través de nuestra Web.

El servicio de «libros a la carta» funciona de dos formas.

1. Tenemos un fondo de libros digitalizados que usted puede personalizar en tiradas de al menos cinco ejemplares. Estas personalizaciones pueden ser de todo tipo: añadir notas de clase para uso de un grupo de estudiantes, introducir logos corporativos para uso con fines de marketing empresarial, etc. etc.

2. Buscamos libros descatalogados de otras editoriales y los reeditamos en tiradas cortas a petición de un cliente.